Quentin, je suis né plein d'entrain

Quentin, je m'appelle Quentin,
je suis né plein d'entrain !
Quentin, je m'appelle Quentin,
et je n'ai peur de rien !

J'ai l'âme de feu d'un diablotin,
Plus courageux que Milou et Tintin.
Pas un peureux, un plaisantin :
C'est du sérieux, pas du baratin.
Quand faut y'aller,
Quand faut foncer,
Sans hésiter,
J'suis toujours prêt :
Face au danger,
Preux chevalier,
J'ai une épée,
Et des idées.

Je suis un drôle de p'tit lutin,
J'roule des épaules, just' un peu cabotin.
J'garde le contrôle, j'ai de l'instinct :
Voilà mon rôle et tel est mon destin.
S'il faut sauver
Le monde entier,
Bien volontiers,
C'est mon métier :
Grand justicier,
Au cœur d'acier,
Aventurier,
Dans mon quartier.

Paroles, musiques et réalisation : Jean Nô
Interprété par Arthur
Arrangé, programmé et enregistré
par Rémy Chatton

Pour le petit Quentin du n° 3 de la rue Gabriel-Péri. S.M.H.

A CAPPELLA
POUR FLEURUS

Édition : A Cappella Création
Direction artistique : Élisabeth Hebert
Mise en page : Laure Bonnefoi-Calmels
Imprimé en Belgique par Proost
N° d'édition : 06004
Dépôt légal : février 2006
ISBN : 2-2150-4545-0

Site : www.editionsfleurus.com

Mon prénom, une histoire

Quentin

Texte de Sophie Maraval-Hutin - Illustrations de Hervé Florès

FLEURUS

QUENTIN
NIBOR
SSE
MMI
NNAY
MMVI
QUENTIN LE-PREUX

La malédiction de Tristesire

Sais-tu qu'il existe, quelque part en France, un tout petit village qui porte ton prénom ? Enfin, pas tout à fait. Il s'appelle Quentin-le-Preux. Preux, cela signifie courageux. Les villageois ont choisi ce nom pour leur village en hommage à un petit garçon très courageux, comme tu l'es certainement puisque tu te prénommes Quentin.

Voici ce que fut son extraordinaire aventure.

Il y a très très très longtemps, quand le grand-père du grand-père de ton grand-père n'était même pas né, Quentin vivait dans un petit village un peu étrange perdu au milieu d'une vaste forêt.
Ce village s'appelait alors Tristesire, en raison des malheurs qui étaient arrivés à cause du seigneur du château, le seigneur Godefroy de Vilainemine.
Le pauvre portait bien son nom : il était laid comme un pou.

Seulement voilà, même s'il avait une vilaine mine, il rêvait de se marier et tombait sans cesse amoureux. Un vrai cœur d'artichaut.

La première jeune fille qu'il demanda en mariage partit en hurlant quand elle le vit s'approcher. La deuxième resta stoïque, mais refusa, prétextant qu'il puait des pieds.

La troisième ne voulut même pas l'écouter, tant son haleine était désagréable (il faut dire que Godefroy ne se brossait jamais les dents). Nul ne se souvient plus de ce que firent la quatrième ni la cinquième, mais ce qui reste gravé dans la mémoire des villageois, c'est que Godefroy de Vilainemine essuya cinq refus et qu'il entra dans une colère noire, aussi noire que son magnifique destrier. Il jura qu'il se vengerait, foi de Godefroy, claqua son pont-levis avec rage, partit au grand galop vers le château de son parrain Merlin de Perlimpimpin, qui était un peu sorcier. Lequel accepta, pour lui rendre service, de jeter une malédiction bien sentie sur les donzelles du village. Non mais !

La malédiction de Merlin était terrible.

Désormais,

et ce jusqu'à nouvel ordre,

aucune fille ne pourrait naître dans le village.

Il n'y aurait plus que des garçons.

Chouette, penses-tu. Malheureux ! Imagine une cour de récréation sans filles, pas de nattes à tirer, pas d'élastique à faire claquer. Très vite, les petits garçons s'ennuyèrent ferme et les parents s'inquiétèrent de l'avenir du village. Eh oui, pour faire des bébés, il faut des filles et des garçons. Le village était voué à la disparition. Sans compter que, pour nommer tous ces garçons, les parents manquaient un peu d'imagination. Il y avait douze Clodomir, huit Clothaire et cinq Lothaire dans la classe de Quentin. La maîtresse s'arrachait les cheveux.

Quentin, lui, était le seul à s'appeler ainsi. C'était une idée de sa grand-mère et Quentin aimait bien lui demander de raconter, une fois de plus, le jour de sa naissance et le choix de son prénom. Alors la vieille dame le prenait sur ses genoux et commençait son histoire. « La nuit où tu es né, je suis vite venue garder tes frères pour qu'ils ne fassent pas de bêtises.

Quand ils se sont endormis, je me suis installée devant la maison, en attendant ta naissance. C'était une nuit presque noire, très belle. Il y avait très peu d'étoiles dans le ciel. Pour passer le temps, je les comptais. C'était très rapide : il y en avait cinq. Alors je recommençais.

Tout à coup, ton père est sorti en courant.

Il criait, fou de joie : “ C’est un garçon ! ” – comme si c’était une surprise ! – et puis il s’est arrêté, en se grattant la tête. “ Comment va-t-on l’appeler ? ” Et comme moi je finissais de compter, en latin pour varier un peu, j’ai dit Quintus, cinq. Et voilà pourquoi tu t’appelles Quentin. »

Quentin trouvait parfois que sa grand-mère manquait un peu d’imagination mais, comme il était un petit garçon gentil, il ne lui disait rien.

Le soir, en se couchant, il enjolivait un peu son histoire et finissait par s’endormir, persuadé que cinq bonnes étoiles veillaient sur sa destinée.

Mais un beau matin de printemps, Quentin sut qu’il n’avait pas tout à fait rêvé

quand une douce colombe vint se poser sur son oreiller,

un message accroché à la patte…

Deuxième chapitre

Les cinq compagnons de Quentin

Vite, Quentin sauta de son lit et détacha le petit rouleau de papier. Pour une fois, il était tout content d'avoir bien écouté la maîtresse car il put lire tout le message, sans se tromper, ce qui aurait été, tu t'en doutes, très ennuyeux pour la suite de l'histoire. Le message disait :

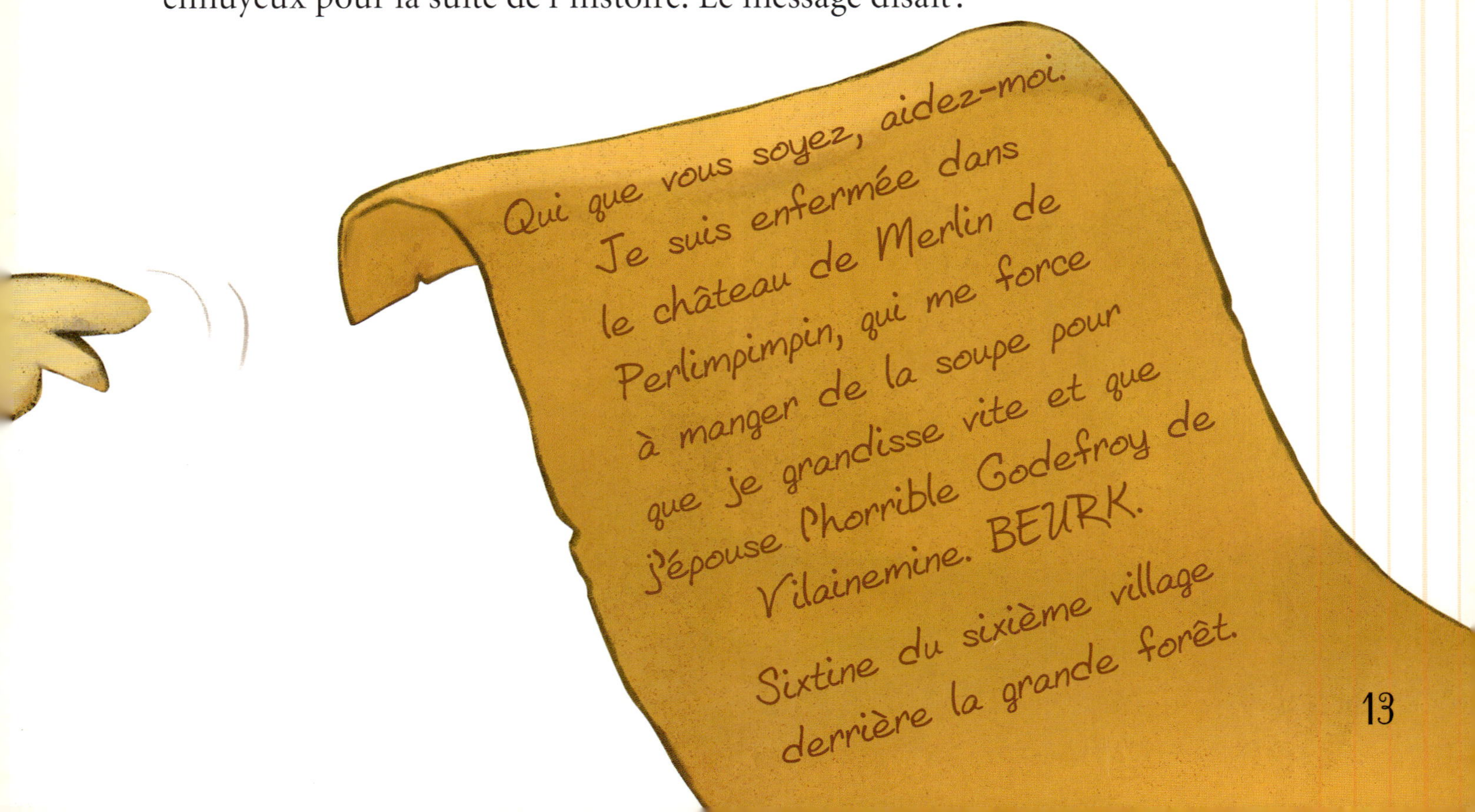

Quentin était perplexe. Le « beurk » de Sixtine se rapportait-il à la soupe ou à Godefroy ? Il aurait bien aimé demander à sa maîtresse, qui était très forte en grammaire, mais il avait peur qu'elle ne lui parle de ses leçons qu'il n'avait pas vraiment apprises (et même pas du tout, pour être honnête). Alors il mit le message dans sa poche et décida de se passer des conseils de sa maîtresse.

Il allait délivrer Sixtine sur-le-champ, sans rien ni personne.

Comme ça, il reviendrait en héros, et personne ne viendrait l'embêter avec ses tables de multiplication.

À la sortie du village, Quentin fut bien embarrassé. Délivrer Sixtine, oui, d'accord. Mais où ? Elle aurait quand même pu lui faire un plan. C'eût été courtois, et même malin. Quentin tapa du pied. « Non mais franchement, les filles, aucun sens pratique ! Elle aurait pu me dire où il habite son Merlin ! »

C'est alors qu'une petite voix se fit entendre.

« Si tu arrêtes de me piétiner, moi, je peux t'aider. »

Quentin regarda par terre et vit une fourmi qui se frottait la tête, l'air contrarié. « Je sais où est le château de Merlin. Si tu veux, je t'emmène, j'ai envie de voir du pays. Prends le chemin à droite, qui va dans la forêt. » Bien content d'avoir trouvé un guide, Quentin la fit grimper sur son épaule et s'enfonça dans la forêt. Au bout de quelques heures, Quentin eut mal aux pieds. Il s'assit au pied d'un arbre pour se reposer.

Tout à coup, il entendit des cris. « Au secours, au secours, je me noie, à l'aide ! » Quentin chercha d'où venaient ces cris et vit, dans une flaque d'eau, une malheureuse souris qui se débattait. Il l'attrapa par la queue et ne la montra à aucun monsieur, car il était tout seul, mais lui tapota dans le dos pour lui faire cracher son eau. La souris lui dit, reconnaissante :

« Tu m'as sauvé la vie, je te le revaudrai. Tu ne le regretteras pas car, comme le dit mon cousin, on a toujours besoin d'un plus petit que soi. »

Quentin mit la souris sur son autre épaule et poursuivit son chemin.

À peine avait-il fait quelques pas que la souris se mit à hurler : « Assassin ! Monstre ! » Quentin chercha où était le monstre qui terrorisait à ce point la petite souris. Il éclata de rire en voyant un pauvre chat qui se débattait, pendu par une patte à une branche d'arbre. Il le délivra sur-le-champ, et lui dit : « Si tu promets de bien te tenir, nous t'emmenons avec nous. Viens nous aider à délivrer Sixtine. » Bien content d'être libéré, le chat promit et vint s'installer sur l'épaule de Quentin, à côté de la souris, qui n'avait pas l'air contente du tout.

« Ne faites pas cette tête, souris. Je serai très utile. Je suis nyctalope.

– Nyctaquoi ? demandèrent en chœur la fourmi, la souris et Quentin.

– Nyctalope, ça veut dire que je vois dans le noir. »

Sur ces précisions fort utiles, Quentin reprit la route, se demandant quand il arriverait au château de Merlin car, au rythme de ses rencontres, il aurait bientôt toute une ménagerie avec lui, ce qui ne serait pas très discret pour prendre le sorcier par surprise.

Et de fait, quand le château fut en vue, Quentin et ses amis avaient rencontré un serpent qui chantait (faux) *a cappella* et une mouche très agaçante qui volait autour de leurs têtes.

Quentin fit le compte : 1, 2, 3, 4, 5 compagnons,
comme ses bonnes étoiles. Finalement, le compte était bon.

Quentin réunit ses amis et s'apprêtait à leur faire un discours quand une ombre gigantesque les recouvrit entièrement.

« Ahhh !

crièrent la fourmi, la souris, le chat, le serpent et la mouche.
Et dans son mot, elle dit quoi Sixtine, vite ? ! »

Quentin prit le mot de Sixtine et le relut en vitesse.

« Rien, dit-il. Ah, si. Elle dit :

PS: Attention au dragon de l'entrée... »

Troisième chapitre

Quentin le Preux

D'un seul mouvement, les cinq compagnons de Quentin vinrent se cacher derrière lui, tremblant comme des feuilles.

Le dragon crachait du feu avec application. Quentin se dit qu'il devait vite trouver une solution, avant d'être transformé en brochette grillée. Il essayait de se concentrer mais la mouche, affolée, voletait autour de ses oreilles, ce qui l'empêchait de penser.

« Espèce de mouche de malheur, tu m'empêches de… »

commença-t-il à crier quand,

eurêka, il lui vint une idée lumineuse.

« Ma petite mouche chérie, va donc titiller ce gros lard de dragon. »

Mais la mouche ne bougea pas d'un pouce. Quentin cria : « Vas-y ou je t'écrase sur-le-champ ! » Apeurée, la mouche s'exécuta. Elle fonça en piqué sur la gueule du dragon qui en resta bouche bée, virevolta autour de sa tête tant et si bien que le dragon s'énerva, donna de grands coups d'ailes pour la chasser, perdit l'équilibre et, blam, s'écrasa contre un arbre. Il tomba raide mort. La mouche fut accueillie en héroïne, elle vibrait de fierté.

Il fallait maintenant entrer dans le château, mais la porte était bien fermée et la clef introuvable. Là encore, Quentin ne manqua pas d'imagination.

« Petite fourmi, à toi de jouer, passe donc dans le trou de la serrure.

– Et que dois-je faire, après ? demanda la fourmi.

– Tire sur la chevillette et la bobinette cherra. »

Comme elle n'avait aucune culture littéraire, la pauvre fourmi ne comprit rien du tout mais ne voulut pas passer pour une idiote, alors elle s'exécuta. Arrivée de l'autre côté, elle vit un petit loquet, se dit que ce devait être la chevillette et tira dessus. La porte s'ouvrit immédiatement et la fourmi fut applaudie à tout rompre par ses compagnons.

« Vite, cria Quentin. Pas de temps à perdre, courons délivrer Sixtine ! »

Pourtant, à peine le seuil franchi, nos six héros s'arrêtèrent net.

La porte donnait sur un couloir noir comme la suie. Au loin, on entendait un ronflement monstrueux.

« J'ai peur, dit le serpent. Moi, je reste là. »

Quentin se tourna alors vers le chat :

« C'est le moment de montrer que tu es bien nyctachose.

– Nyctalope, corrigea le chat d'un air important. Prends une corde, Quentin, attache-la à ma queue et suivez-moi en la tenant. »

Quentin, la fourmi, la souris, le serpent et la mouche suivirent donc le chat qui les mena – non sans peine car on lui tirait beaucoup la queue, le pauvre – jusqu'au bout du couloir. Ils se trouvèrent devant une porte éclairée par un chandelier, au pied de laquelle un homme en armure ronflait consciencieusement. Hélas à ce moment précis, il se réveilla :

« Halte-là ! » cria-t-il d'un air menaçant, en faisant tournoyer son épée au-dessus de sa tête.

Les six héros restèrent pétrifiés de peur. Mais tout à coup, dans un geste désespéré, la petite souris se lança à la figure du garde qui se mit à hurler :

« Ah, une souris, au secours !!! » et s'enfuit – gling gling gling – à toutes jambes.

« Hourra ! » crièrent les six amis en entrant dans la chambre où Sixtine était prisonnière.

Vite, Quentin la détacha, l'attrapa par la main, courut vers la porte et tomba nez à nez avec Merlin de Perlimpimpin qui n'avait pas l'air content du tout.

« Tu vas voir, jeune galopin,

dit-il à Quentin.

Je vais te transformer en limace,

en deux temps trois mouvements.

Un… »

Quentin eut si peur – car s'il y avait une bestiole qu'il ne supportait pas, c'était bien la limace – qu'il hurla : « Mes amis, à l'aide ! » et sais-tu ce qui se produisit ? Tous ses amis sautèrent sur le sorcier : la fourmi entra dans son nez, la souris vint lui mordre le gros orteil, le chat planta ses griffes sur ses joues, le serpent entra dans son pantalon et la mouche dans son oreille.

Fou de peur, Merlin s'empêtra dans sa cape et passa… par la fenêtre. Il s'écrasa comme une crêpe et les six amis virent une étrange fumée bleue s'échapper de ses oreilles.

« Ce sont tous les vilains sorts que Merlin a jetés depuis qu'il est sorcier qui s'envolent, expliqua Sixtine.

– Même celui de mon village ? demanda Quentin, tout étonné.

– Oui, allons vérifier si tu veux. »

Et c'est ainsi que nos sept amis (puisque Sixtine vint s'ajouter aux cinq compagnons de Quentin) rentrèrent à Tristesire, que l'on rebaptisa Quentin-le-Preux, car Quentin fut accueilli en héros.

Bien vite, on s'aperçut en effet que le mauvais sort était levé.

La maîtresse de Quentin épousa un charmant jeune homme et eut des quintuplées, cinq adorables petites filles. Elle prit un long, très long, congé pour la grande joie de Quentin et de ses copains.

Fin

Ma photo

Je m'appelle

mon empreinte

Je suis né le

Mes rêves les plus grands

Ma famille

Ma couleur préférée